KB093457

얼마나 더 가야 그리움이 보일까

지은이 | 김재진
펴낸이 | 윤은숙
초판 1쇄 | 2001년 1월 18일
초판 3쇄 | 2007년 9월 10일

펴낸곳 | 그림같은 세상
등록일자 | 1995년 5월 17일
등록번호 | 10-1162
주소 | 경기도 파주시 교하읍 문발리 출판문화정보산업단지 513-9
전화 | (영업) 031-955-7374, (편집) 031-955-7381
팩시밀리 | 031-955-7393

값은 뒤표지에 있습니다. 잘못된 책은 구입하신 곳에서 바꿔드립니다.
ISBN 89-7527-253-2 (03810)

얼마나 더 가야 그리움이 보일까

김재진 시집

시인의 말

정말 얼마나 더 가야 그리운 것들이 보일까?

얼마나 더 가야 그리운 것들이 그리움의 그 아련한 눈물을 벗고

따뜻한 손 내밀어 다가올까?

사람과 사람 사이,

그것도 사랑하는 사람과 사람 사이에 놓여 있는 그 강을

언제나 건널 날 있을까?

여행을 하다 보면 낯선 풍경 앞에서 텅 비어버릴 때가 있다.

모든 것이 다 증발해버린 듯 텅 비어버리는 공간,

아무런 췌사 필요 없이 그냥 空이라고 느끼는 그,

절대의 텅 빔 속으로 사라져버리는,

그런 시를 쓰고 싶다.

1

3

1

눈감고 나무가 뿌려놓은 음표들을 살펴봐.

바스락거리며 길 위를 굴러가는 저

계절의 수레들을 따라가봐.

고단한 음계 위로 걸어가고 있는

구두의 이야기를 좀 들어보란 말이지.

따뜻한 그리움

찻잔을 싸안듯 그리움도

따뜻한 그리움이라면 좋겠네.

생각하면 촉촉이 가슴 적셔오는

눈물이라도 그렇게 따뜻한 눈물이라면 좋겠네.

내가 너에게 기대고 또 네가

나에게 기대는

풍경이라도 그렇게 흐뭇한 풍경이라면 좋겠네.

성에 낀 세상이 바깥에 매달리고

조그만 입김 불어 창문을 닦는

그리움이라도 모락모락

김 오르는 그리움이라면 좋겠네.

사랑이 내게로 왔을 때

::

사랑이 내게로 왔을 때 나

말없는 나무로 있고 싶었다.

길 위에 서 있는 시간이 너무 길어

해님은 또 밤 속으로 걸어 들어가고

빛 고운 열매, 등처럼 걸어둔 채

속으로 가만가만 무르익고 싶었다.

다시 사랑이 내게로 왔을 때 나

누구냐고 넌지시 물어보며

감춰둔 그늘 드려 네 안으로

소리 없이 그윽하게 스며들고 싶었다.

그만 사랑이 내게서 떠날 때

닫혔던 속 그제야 열어뵈며 나

네 뒤에 오랫동안 서 있고 싶었다.

아름다운 사람

::

어느 날 당신의 존재가

가까운 사람에게 치여 피로를 느낄 때

눈감고 한 번쯤 생각해보라.

당신은 지금 어디 있는가.

무심코 열어두던 가슴속의 셔터를

철커덕 소리내어 닫아버리며

어디에 갇혀 당신은 괴로워하고 있는가.

어느 날 갑자기

사랑한다고 믿었던 사람이 두렵고 낯설어질 때

한 번쯤 눈감고 생각해보라.

누가 당신을 금 그어놓았는가.

가야 할 길과 가지 말아야 할 길

만나야 할 사람과 만나지 말아야 할 사람을

가리고 분별해놓은 이 누구인가.

어느 날 당신의 존재가

세상과 등 돌려 막막해질 때

쓸쓸히 앉아서 생각해보라.

세상이 당신을 어떻게 했는가.

세상이 당신을 어떻게 할 수 있는가.

어느 날 당신의 존재가

더 이상 어쩔 수 없이 초라해질 때

모든 것 다 내려놓고 용서하라.

용서가 가져다줄 마음의 평화를

아름답고 담담하게 받아들이라.

구두에게 물어보네

::

한 발 건너 또 나무가 우수수

이파리를 흩날리고 있었지.

기다리던 차도 끊긴

길 위에 앉아 너는 새까만 밤하늘을

골똘한 표정으로 바라보고 있었어.

별들이 열어놓은 창 밖으로

꽃 피듯 누군가 노래 부르는 밤이었지.

어둠이 펼쳐놓은 악보 위로 또 누가 그려넣은 시간들이

얼굴 내민 떡잎처럼 쑥쑥 자라나고 있었어.

내게 불협의 화음을 새겨넣던 너는

비어 있는 오선지야.

눈감고 나무가 뿌려놓은 음표들을 살펴봐.

바스락거리며 길 위를 굴러가는 저

계절의 수레들을 따라가봐.

고단한 음계 위로 걸어가고 있는

구두의 이야기를 좀 들어보란 말이지.

시간은 가고, 세월도 갈 거야.

우리가 걸을 수 있는 날들이 얼마나 남았는지 나도 몰라.

사실은 아무 것도 알 수 있는 것이 없어.

눈물인지 기쁨인지, 아니면 그 모든 것 다인지.

알고 있는 사람은 없어.

또 알면 뭐해. 그냥 그렇게 떠다니면 좋은 걸 뭐.

단양, 영주, 봉화,

닭실마을 지나 청량사 가면

그 어디쯤 있을까 나도 몰라.

서둘러 옛날을 지우는 지우개라도 있다면 모를까.

눈감으면 눈앞이 온통 별밭으로 변하는

그 귀퉁이 어디에다 너를 꼭꼭 상감시켜놓을 거야.

:: 20

얼마나 더 가야 그리움이 보일까(1)

::

문이 닫히고 차가 떠나고

먼지 속에 남겨진 채 지나온 길 생각하며

얼마나 더 가야 그리움이 보일까.

얼마나 더 가야 험한 세상

아프지 않고 외롭지 않고

건너갈 수 있을까.

아득한 대지 위로 풀들이 돋고

산 아래 먼길이 꿈길인 듯 떠오를 때

텅 비어 홀가분한 주머니에 손 찌른 채

얼마나 더 걸어야 산 하나를 넘을까.

이름만 불러도 눈시울 젖는

생각만 해도 눈물이 나는

얼마나 더 가야 네 따뜻한

가슴에 가 안길까.

마음이 마음을 만져 웃음 짓게 하는

눈길이 눈길을 만져 화사하게 하는

얼마나 더 가야 그런 세상

만날 수가 있을까.

여행은 때로

::

때로 여행은 그럴 때 있어라.

낯선 이들 속에 앉아 맛없는 음식을 먹거나

보내기 싫은 사람을 보내야 할 때 있어라.

지구의 반대편을 걸어와 함께 시간을 나누던

친구와 작별하듯 여행은 때로

기약 없는 이별일 때 있어라.

닫혀진 문 밖으로 음악이 흐르고

때로는 마음이 저절로 움직여

모르는 여인을 안고 싶을 때 있어라.

한때는 내 눈이 진실이라 믿었던 것

초처럼 녹아내려 지워질 때 있듯이

여행은 때로 행복한 도망일 때 있어라.

음음음, 소리내어 포도주를 음미하듯

눈감고 바라보는 향기일 때 있어라.

숨죽인 채 들어보는 침묵일 때 있어라.

네가 내게로부터 문 닫았을 때

::

네가 내게로부터 문 닫았을 때

비로소 알았다 너의 아픔을.

자동차가 멈추고, 다시 시동을 걸기 위해

한바탕 소란을 떤 뒤

그제야 알게 된 사물의 고마움처럼.

한 마디 불평 없이 나를 실어 나르던

딱딱한 저 기계의 노동이 없었더라면

지금보다 더 빨리 내 여행은 끝나고 말았으리.

사막이 아름다운 건 어딘가

우물이 있기 때문이라지만

네 속에 고여 있던 아름다운 샘을

어둠에 몸이 빠져 나는 볼 수 없었다.

발등에 쏟아지는 사막의 별 또한

자동차가 서지 않았더라면

혼미한 잠에 끌려 놓치고 말았으리.

네가 내게로부터 떠나고 말았을 때

비로소 알았다 너의 사랑을.

오래된 사이

::

사랑이란 말만큼 때묻은 말이 없습니다.

사랑이란 말만큼 간지러운 말도 없습니다.

너무 닳아 무감각해진 그 말 대신

달리 떠오르는 말 없어 당신을 묵묵히

바라볼 수밖에 없습니다.

인연도 오래되어 헌 옷처럼 편해지면

아무 말도 더 보탤 것이 없습니다.

한 마디 말보다 침묵이 더 익숙한

오래된 사이는 담담합니다.

때로 벅찬 순간이 밀물처럼

가슴을 고즈넉이 적셔올 때

잔잔히 바라보는 그 눈빛 떠올리며

멀리 와서 생각하면 다투던 순간마저

따뜻한 손길인 듯 그립습니다.

후회

::

내가 무심코 한 장의 종이를 구겨버릴 때

몇 그루의 나무가 베어질지 모른다.

내가 무심코 입술을 움직이며 혀 놀릴 때

몇 사람의 가슴이 상처 날지 모른다.

내가 신고 다닌 이 구두가

얼마나 많은 벌레들을 위협했는지 나는

모르고 있었을 뿐이다.

누군가를 용서하며 받아들인다는 그 말이

스스로를 용서하며 받아들이는 것이라는 사실을

시간이 간 뒤에야 나는 알았다.

커피

::

또 하나의 절망이 내게 있어

저무는 저녁

창 넓은 탁자에 앉게 하거나

또 하나의 슬픔이 내게 있어

수근거리는

인간의 말소리 흘려보내고

몇 개의 동전과 몇 날의 양식

받고는 보내지 않은 몇 통의 편지 모아

아침은 야채처럼 싱싱하고

한낮은 전사처럼 활달할진대

또 하나의 희망이 내게 있어

깨어 있는 새벽

또 한 번의 완성과 또 한 번의 작별이

눈가를 물들여 흐르게 하는

여행지에서

::

사람들이 지나가고 또 지나갔어요.

아무도 만난 사람은 없어요.

이 도시에선 아무도 아는 사람이 없으니까요.

방심한 마음으로 기다렸을 뿐이지요.

멀리서 누군가 손 흔들면 나도 발돋움하며

따라서 손 흔들었어요.

아는 사람은 아니었어요.

기다리는 동안 어느새 동화책 한 권을 다 읽었어요.

동화처럼 살고 싶어요. 아니면 영화처럼.

아무도 오지 않더라도 그저 나무처럼 서 있으며

누군가를 기다리고 싶어요.

어디선가 지금 기차가 지나가고

영화관 속에선 깔깔거리며

웃고 있는 사람도 있을 거예요.

배낭 위에 걸터앉아 나를 보는 사람이 있어요.

그도 어딘가를 여행하고 있는 모양이군요.

여행이란 다 그래요.

사실은 기다리는 연습인 걸요.

기다리는 동안 그저 우두커니

스스로를 보는 거죠.

내가 나를 기다린다는 말, 우습나요?

언젠가 알게 될 거예요. 머지 않은 훗날

누군가를 기다리며 당신도

아는 사람 하나 없는 어딘가에서

당신을 들여다보게 될 거예요.

민들레

::

날아가는 홀씨는

민들레의 우주다.

꽃 속을 들여다보면 그 속에 별이 있다.

꽃은 다 우주다.

걸릴 데 없이 만행하는

꽃씨는 불성이다.

천지간에 만개해 있는 식물의 불성

꽃이 피어도 사람들은 꽃 핀 줄을 모른다.

날아가는 꽃을 봐도

별빛인 줄 모른다.

봄날

::

문 앞에 앉아 당신을 기다리네.

봄빛은 환하고 슬픔은 엷네.

귀 기울여 들어보면 어디쯤

당신이 살금살금 발끝을 들고

걸어오며 흥얼대는 콧노래 들리네.

이맘때면 눈감아도 잠들 수 없네.

꽃 지는 소리 들려 잠들 수 없네.

가진 것 다 버리고 싶어 혼자 나온 마음이

처마 끝에 매달려 살랑거리고

그 마음에 매이기 싫은 또 하나의 마음이

당신 생각 하다가 짙어져 가네.

죽도록 한 사람을 사랑한다는 그 말이

::

돌 틈을 비집고 나온 제비꽃

길가에 앉아

반쯤 허리가 접혀 있는 민들레

기어다니는 벌레와 조그만 새들

서 있는 나무와 조용한 햇빛

무엇 하나 소중하지 않은 것 없어라.

한 고비 넘기고 세상을 보면

모든 것 다 신기한 것밖에 없어라.

죽도록 한 사람을 사랑한다고 하는 그 말이

한 순간에 다 부질없어라.

껴입던 옷 벗어 바람에 내다걸듯

모든 것 훨훨 벗어버리고 싶어라.

텅 빈 채 다 받아들이고 싶어라.

풍금소리

::

누가 문 밖에서 나를

기다리고 있다고 일러주었네.

문 밖에서 누가

내 이름을 부르고 있다고 일러주었네.

나가보면 쌓이는 나뭇잎 위로

이제는 울지 않는

풀벌레 한 마리 껍질을 벗어두고

물위에 새겨놓던 내 이름은

싸늘한 대기 속을 흩어지고 말았네.

한때는 내 두 손이 사랑하는 이를 위해

열락悅樂의 화음을 누른 적이 있었네.

한때는 내 입술이 기다리는 이를 위해

침묵의 노래를 부른 적이 있었네.

숨쉬는 건반처럼 한때는 내 가슴이

달콤한 생에 속아 두근거린 적 있었네.

사라진 가수

—故 박 경에게

::

아직 난 알 수가 없네.

내 잠을 깨워놓던 새들의 노래와

호수에 숨어 있던 하늘의 눈빛

마르지 않을 것 같던 소녀의 눈물과

치마를 적셔놓던 새벽의 이슬

은밀하게 속삭이던 그 많은 연인들이

왜 다 늙어버렸는지 알 수가 없네.

시드는 수선화와 서 있는 바퀴

가득한 침묵과 따뜻한 재

편지처럼 띄워놓은 몇 개의 노래

그가 왜 돌아오지 않는지 정말 난

알 수가 없네.

겨울 나그네

::

점점 더 눈이 퍼붓고 지워진 길 위로 나무들만 보입니다. 나무가 입고 있는 저 순백의 옷은 나무가 읽어야 할 사상이 아닌지요. 두꺼운 책장 넘겨 찾아내는 그런 사상 말입니다. 그대가 앉아 있는 풍경 뒤에서 내가 노을이 된 것은 알 수 없는 그런 사상 때문은 아닙니다. 그대라고 부르는 그 이름의 떨림이 좋아 그대를 그대라 부르고 싶을 뿐. 또 한 번의 사랑이 신열처럼 찾아와서 나를 문 두드릴 때 읽고 있던 책 내려놓으며 그대는 나무가 입고 있는 그 차가운 사상으로 나를 바라보게 되겠지요. 그대, 단 한 번 내가 가슴속에 쌓아두고 싶은 맹세나 기도 같은 그대. 그대가 퍼붓는 눈발이라면 나는 서 있는 나무일 수밖에 없습니다. 그대가 바람이라면 나는 윙윙 울고 있는 전신주일 수밖에 없습니다. 시간이 눈 위에 세워놓은 이정표 따라 슬픔 쪽으로 좀더 걸어가면 만날 수 있는 그대는 쏟아지는 하늘입니다.

2

투르판, 선선, 미아, 돈황.

얼마나 더 가야 그리움이 보일까.

천산산맥 끝나는 하미 지나면

꾸지람 듣듯 가만가만 물러가는 어둠

얼마나 더 가야 산 아래 닿을 수가 있을까.

굿바이 마이아미

::

비행기에 오르며 너를 불렀다.

굿바이 마이아미

발바닥에 밟히던 금빛 모래를

가슴에 묻혀가는

비행기는 떠나고 내 눈은 흐려진다.

굿바이 마이아미

굿바이, 내 시린 날의

짧았던 동침

밤새워 으르렁대던 짐승 같은 그 사랑

너무 맑아서 알 수 없던

물빛이여

불 꺼진 방에 앉아 장미처럼 너를

오래오래 꽂아두리.

우루무치

::

자다가 쳐다봐도 여전히 눈 내리고

바깥엔 좀체 아침이 올 것 같지 않다.

속옷 바람으로 후들후들 떨며 나는

뜨거운 물에 커피를 타고

커튼을 닫은 채 혼자 앉아 있다.

눈 덮인 침엽수와 차가운 공기

서울로 가는 전화는 끝내 불통이었다.

11월이 되기 전 두 번이나 눈이 왔다는 우루무치

만년설 덮인 천산을 생각하며 나는 지금

인스턴트 커피를 마시고 있는데

늦도록 책상 앞에 앉아 원고 쓰던 나는 또

어디 있는 것일까.

지울 수 없어 고민하던 시간들은 그대로

서울에 남았는데

팽개치듯 버리고 온 나는 지금

어디쯤 헤매고 있는 걸까.

중국, 투르판 근처의 실크로드, 천산남로(서역북로) | ⓒ 여동완

중국 신강위구르 자치구의 수도인 우루무치는 아름다운 초원이라는 뜻을 가진 위구르 말이다. 천산산맥의 북쪽에 위치한 우루무치는 타클라마칸사막과 곤륜산맥이 연계된 실크로드의 오아시스지만 지금은 급격한 산업화가 이루어지고 있는 대도시로, 오아시스라는 말이 품고 있는 원래의 느낌이 살아나지 않는다. 그런데도 이곳을 찾는 이유는 천산 천지天地 때문인데, 해발 5,400미터가 넘는 설산(중국에선 빙산이라 부름)에 안겨 있는 천지의 물빛은 날씨가 차가울수록 더 푸를 것만 같다.

고창고성

::

사라지는 마차를 따라가던 시선이

점 하나로 번진다.

한낱 티끌로 날아가고 말

덧없는 몸뚱이의 피곤한 무게

분처럼 날리는 먼지 피해 손수건 꺼내들면

파리한 그림자가 길 위로 흔들린다.

폐허를 가다보면 마음도 먼지가 앉는지

당나귀 울음소리 등뒤로 끌며

나는 그만 떠나고 싶어진다.

천축으로 간 현장이 다시 돌아오지 않듯

다시는 이곳을 찾지 않으리라.

한 시절의 영화榮華래야 바퀴자국으로 구를 뿐

사나운 당나귀 울음소리 노을처럼 밟히고

몇 위엔의 지전紙錢 따라 채찍을 드는

고창은 이제

비루한 마부들의 눈길에나 남아 있다.

실크로드의 오아시스인 투르판 근교의 고창고성은 지금은 폐허가 된 옛 고창국의 성이다. 광대한 규모의 이 성은 그 옛날 불법을 구해 인도로 가던 현장법사도 경을 강의하며 머문 적이 있는 곳이다. 금의환향하는 길에 다시 들르겠다고 약속했던 현장은, 그러나 고창국이 멸망해버리는 바람에 그 약속을 지키지 못하게 된다. 모든 집들이 흙으로 만들어진 고성 초입엔 당나귀가 끄는 마차 몇 대가 여행객을 기다리고 있는데, 아득한 폐허 위로 사라지는 마차를 보고 있노라면 까닭 모를 처연함이 가슴 끝을 적신다.

:: 위엔은 중국의 화폐 단위

투르판

::

녹주빈관에 짐 풀다.

가성을 많이 사용하는 투르판의

민속음악을 듣다.

멀리 천산의 만년설 녹아내린

눈물을 끌어 재배하는

신강위구르 자치구의 특산물

건포도를 씹으며

지나온 길을 기록하다.

돌아보면 문득

어지럽구나 내 지나온 길

빛 바랜 스물과 무너진 서른 넘어

가파르구나 내 걸어온 길

화염산 지나 천불동 가는 길

서유기 속으로 삼장법사 지나간 길

내 오래도록 경전 한 권 품지 않고 넘어왔던

어둡고 아득한 길

연간 강수량이 16밀리미터밖에 되지 않는다는 투르판 분지는 세계에서 사해 다음으로 낮은 곳이다. 멀리 천산산맥의 눈 녹은 물을 독특한 관개방식으로 끌어와 사용하는 이곳은 세계적인 포도 산지인데, 그 옛날 당나라의 수도였던 장안까지 포도와 멜론 등의 과일을 공급했을 정도로 일찍부터 과일농사가 발달되어 있는 곳이다.
여름엔 기온이 섭씨 40도 이상 올라가는 이곳은 또한 서유기에 나오는 화염산(훠엔산)으로 알려진 곳이다. 산 전체가 불타듯 붉은 빛깔을 하고 있는 화염산은 길이가 100킬로미터나 되는 민둥산으로, 서유기에 보면 불타는 산을 통과해야 했던 삼장법사가 손오공이 빌려온 파초선으로 불을 끄고 지나가는 장면이 나오는데 그때의 배경이 된 곳이 바로 이 산이다.

사막

::

사막이 아름답다.

오지 않는 비가 풀들을 고문하고

더 이상 고통을 견딜 수 없는 대지가

모성을 배반할 때

어디에도 있지만 길들은

아무리 찾아봐도 찾을 수가 없다.

고지서 한 장 없이 불쑥

삶을 압류하는 죽음처럼

배반은 아름답다.

때로 욕망을 위로하는 체념처럼

배반도 위안이 된다.

모든 위안으로부터 외면당한

단절의 시간이 묻혀 있는 사막

마음에도 사막이 있는지

산 하나를 통째로 삼키고도 허기를 느끼는

공복의 마음에도 통로가 있는지

사방으로 나 있어도 길은

발자국 하나 허락하지 않는다.

지도에도 나와 있지 않은 생사의 먼길

모래 위에 앉아 나는

몸보다 먼저 와 있는 죽음을 본다.

손 내밀면 자물쇠처럼 철커덕

열릴 것 같은 죽음

익숙한 생애가 문 밖으로 밀려나고

들것에 실려 밤하늘의 별들이

실처럼 가늘어진 길 끝으로

내버려지고 있다.

법문사 가는 길

::

붉은 사과 위로 눈 내리네.

겨울 밀이 푸르고

중국의 11월이 하얗게

종려나무 사이로 쏟아지고 있네.

루즈를 바른 듯 사르비아 새빨간

경내에 들어서면 솟아나는 탑

무너지는 폭설 속에 장미가 피고

서안 지나 법문사 가는 길

언젠가 황제의 발길이 행차했을

아득한 길 따라 지워지며

짐 내리듯 몸뚱이 하나

안 보이는 눈길 위로 내려놓고 싶네.

당나라 시대의 고찰 법문사는 장안에서 관중평야를 가로질러 두 시간 가량 자동차를 달려가면 만날 수 있다. 당나라의 황제들을 위한 사찰이었던 이 절은 그 당시 최고의 영화를 누렸던 곳이지만 오랫동안 잊혀진 채 묻혀 있다가 지하궁이 발견되면서 세계적인 명소가 되었다. 지하궁에서 발견된 많은 보물 가운데 특히 석가모니 붓다의 손가락 마디로 알려져 있는 진신사리는 그 당시 법문사의 지위를 단적으로 드러내는 진귀한 보물인데, 이 진신사리는 당나라의 고승들이 인도에서 직접 모셔온 것이라 한다.

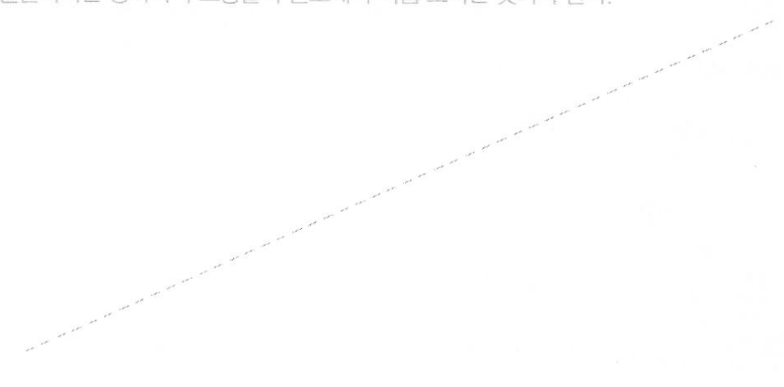

오랑캐의 가을

::

카쉬가르의 가을은 초승달 걸려 있는

백양나무 가지로부터 물든다.

느지막이 시작되는 위구르의 아침은

뒤꼭지에 얹혀 있는 이슬람 모자 속에 숨어 있고

청진사 들러 향비 묘 가는 길

흑백영화같이 아스라한 마차길 밟아보면

점자를 읽어내듯 더듬거리던 추억이

초라한 풍경 되어 눈시울에 맺힌다.

내 한 생을 걸어 비단길 건너와

곤륜산맥 바라뵈는 천산남로 걸어가면

가슴에 숨어 있던 오랑캐의 가을이

덜커덩 소리내며 바퀴 아래 깔린다.

중국, 카쉬가르의 한 이슬람 사원(아파호자 마자르) | ⓒ 여동완

백양나무 가로수 길이 향수를 자극하는 카쉬가르는 중국의 가장 서쪽에 위치한 오아시스. 중국을 지배하는 한족의 눈으로 보면 오랑캐 땅에 불과했을 이곳은 북경과는 상당한 시차가 날 정도로 멀리 떨어져 있다. 대다수가 위구르족인 이곳 주민들은 어느 모로 보나 중국 사람이라고 할 수 없는데, 적국이던 청나라 건륭황제의 비가 되어 고향을 떠나야 했던 향비 또한 위구르 여인으로 황제의 구애를 거부하고 스스로 목숨을 끊은 비극의 주인공이다. 향수를 뿌리지 않아도 몸에서 향기가 난다 해서 향비香妃라고 불린 이 여인이 카쉬가르의 상징적 인물이 된 것은 위구르와 중국의 민족적 갈등에서 비롯된 것이다.

명사산

::

무릎 꺾어 나를 태우는 낙타는

어느 날 내가 배운 치욕이다.

잠시 누군가 깃들이다 간

인간의 몸을 하고 있는 육체

회오리 불어 모래 날리면

이쪽에서 저쪽으로 옮겨가는 산처럼

너에게 깃들이다 내게 옮겨온

치욕의 이 단백질

더 꽂을 데 없어 빼버린 주사바늘처럼

나는 내가 받아들여지지 않는 것이 두렵다.

매달려 있는 링거처럼 떨어지며 한 방울씩

혈관 속을 흘러가며,

누가 지층을 뚫고 박아놓은 관이 있는지

낙수소리 시끄럽다.

내 마음의 사막에 쏟아부은 몇만 리터의 샘물

마음아 너는 마음아 너는

무릎 꿇기 전 낙타는

대웅전 한 채를 몽땅 뱃속에 집어넣었을지 모른다.

낙타가 밟아버린 대웅전

사막에 세워놓은 나무집 한 채가

이쪽에서 저쪽으로 옮겨지고 있다.

얼마나 더 가야 그리움이 보일까(2)

지는 해를 보면서 눈물 흘려본 적 있나요.

아는 이 하나 없는 도시에 내려

정처 없이 터벅터벅 걸어본 적 있나요.

밤새워 달려가는 열차에 누워

싸늘한 유리창 위로 손가락 흘려

의미 없는 글씨 하나 써본 적이 있나요.

투르판, 선선, 미아, 돈황,

얼마나 더 가야 그리움이 보일까.

천산산맥 끝나는 하미 지나면

꾸지람 듣듯 가만가만 물러가는 어둠

얼마나 더 가야 산 아래 닿을 수가 있을까.

얼마나 더 가야 저 끝없는 사막

모르는 척 슬며시 건너갈 수 있을까.

내려놓은 배낭 위에 턱 괴고 앉아

지나가는 세월을 지켜본 적 있나요.

8월이면 불같은 홍류紅榴가 피는

눈 내리는 사막에서 울어본 적 있나요.

돈황으로 가는 열차는 새벽 2시 20분, 깜깜한 투르판 역을 떠난다. 흔들리는 침대칸에 누워 눈을 감아도 잠은 오지 않고, 싸늘한 유리창을 손바닥으로 문지르며 창 밖을 내다보면 가도가도 끝없는 사막만 따라온다. 카쉬가르와 우루무치를 거쳐 몇 날 며칠을 끈질기게 이어지던 천산산맥은 하미에 이르러 비로소 그 끝자락이 잡히는데, 그쯤에 오면 어둠도 서서히 물러나기 시작하고 동녘엔 희미한 소식이 싹터온다. 만져질 듯 따라오던 미명 속의 설산과 장밋빛 지평선의 그 절묘한 만남. 아련한 햇살을 이마 위로 받으며 나는 모든 것 다 잊은 채 창 밖만 내다봤다. 8월이면 홍류의 붉은 꽃이 타오르듯 피고, 9월이면 하얗게 목화꽃 만발하는 사막의 일출 앞에 밤새워 달려온 피로쯤이야…….

여행

::

그런 것이다 여행은

천 년 전 내 전생이 살아 있던 곳

복잡한 바자르와 골목길 지나

하늘은 강을 끌어당겨 장작 위에 눕히는데

떠내려가는 저 촛불은

언젠가 내가 흘린 눈물인 건 아닐까.

타다가 만 몸뚱이가 물 속으로 잠기고

한 장의 비단 감듯 몸치장하는 강 저쪽

흘러가는 것이다 여행은

일몰의 갠지스가 사리를 바꿔입듯

한 송이 문다꽃이 귀 뒤에 꽂히듯

낯선 향기 앞에 한번쯤 멈추어 서는 것이다.

똑딱거리던 시간이 발을 감추고

최면 걸린 욕망이 순례자처럼

입술이 다 닳도록 진언을 외며

오체투지하는 것이다 여행은

원색의 사리 걸친 한 생애가 먼지 속에 육탈되듯

나마스떼, 나마스떼, 두 손 모아 합장하며

양은그릇처럼 덜그럭덜그럭 흔들리거나

벗어나는 것이다.

화장장이 있는 갠지스강에 가면 물에 떠다니는 시신을 발견할 수가 있다. 화장을 하다 장작이 모자라는 경우, 시신을 그냥 강물에 던져버리기 때문이다. 바자르는 시장을 뜻하는 말이며, 나마스떼는 '안녕하세요' 같은 인도식 인사다.

타즈마할

::

물가에 서서 사진을 찍었다.

한 장의 폴라로이드를 영혼처럼 박아내는

사람들 속에 앉아 눈부셔 했다.

누가 죽음을 폴라로이드로 뽑는가.

익스큐스 미, 익스큐스 미

누가 그것에 양해를 구하는가.

앉았던 자리 비켜주며 누가 먼길을 돌아가는가.

갈 데까지 가면 욕망도 거룩해지는지

사라져 보이지 않는 영혼들도 사진에 찍히는지

서늘한 대리석에 헌사를 바치고

갈 데까지 가고 나면 슬픔도 고체가 되는지

카사블랑카

::

너는 내게 미로였다.

저만치서 바라보는 단념한 존재였다.

상파울로쯤서 비행기를 갈아타고

너를 찾아

아프리카로 가고 싶다.

어딘가서 흘러나올 피아노소리 들으며

흰 벽 아래 주저앉아

지나가는 사람들을 망연히 바라보고 싶다.

시간이 꾸며놓은 음모에 걸려

거미처럼 늙어가는 사람들

늙기 전에 일찌감치 단념해버린 사람들

모든 것 다 팽개치고 싶은 날

브라질 어디쯤서 비행기를 갈아타고

북아프리카로 가고 싶다.

:: 흰 집이란 뜻의 카사블랑카는 북아프리카의 진주라 불리는 모로코의 최대 도시

바라나시

::

그때 나는 바라나시에 있었다.

물위에 촛불 떠내려가는 갠지스 바라보며

홍시빛 노을로 젖고 있었다.

실종된 젊은이들 묵고 있던 구미꼬 집 뒤편

어슬렁거리는 소와 미친개들 떠도는 그곳

냄새나는 시장길, 오물 밟지 않으려 애쓰며 걸을 때

줄지어 황금지붕 안으로 들어가는 사람들

언젠가 나, 이곳에 살았던 적 있네.

3,000년의 옛 도시, 한때의 서원 다 잊어버리고

나, 이곳에 맨발의 부랑자로 걷고 있었네.

힌두의 율법 모르는 이 들어갈 수 없는

비슈와나트 사원 앞 좁은 골목길 어슬렁거리며

이미 기울 대로 기울어 펴볼 수 없는

부끄러운 주름살 다 내려놓고

나 이제 다음 생을 기다리리라.

한 치의 오차도 허용 않는

법의 치차齒車 앞에 헌 몸뚱이 벗어놓고

묵묵히 윤회를 기다리리라.

먼길 걸어 순례 왔던 사람들이

나무 살 돈 없어 몸뚱이 태우지 못하는 강가

돈 있는 시신들이 순서를 기다리며

제 몫의 윤회를 울먹이고 있는 그 강가

윤회를 신앙하는 힌두교인들은 시신을 태운 재를 갠지스에 떠내려보내면 윤회에서 벗어난다고 믿고 있다. 힌두교 최고의 성지로서 '카시'라는 옛 이름을 가지고 있는 바라나시는 3,000년의 역사를 가진 도시로, 갠지스를 끼고 있는 화장터가 유명한데 인도인들은 갠지스를 강가(ganga)라 부른다.

면벽 9년

::

몸이 없으면 나는

어디에 가 있을까.

끈질기게 살아나 꿈틀거리는

욕망은 몸에서 나오는 것일까 아니면

몸을 숙주로 하는 정신, 또는 영혼

하여간 그렇게 이름 붙은 몸 밖, 아니면 몸 안의

어떤 것들에서 나오는 것일까.

몸에 세 들어 살며 나는

몸이 나인 줄 착각하며 저지르며

저 온갖

삼라만상 받들어 면벽한다.

벽도 벽 나름이라 조사는

벽 앞에 앉았으되 벽이 없는데

몸에 길든 이 몸

걸리는 것 없는데도 도처에 벽이구나.

40년 넘도록 애지중지

받들어 충성한 내 몸

내 것인 줄 알았는데 아니었구나.

한평생 벽 앞에 가로막힌 내 인생

면벽 9년의 달마가 무색하겠네.

돈황 가는 길

::

인근에 3,000개의 호수가 있다는 돈황은 먼 옛날 바다였습니다. 멀리 기련산이 보이고 눈앞에 까만 흑산이 놓여 있는, 려우엔에서 돈황 가는 길에 소소초가 피었습니다. 가시 같은 풀에 찔려 피 흘리면서도 그것이 너무 좋아 소소초를 먹는다는 낙타 등에 앉아 명사산으로 갔지요. 달리지 않는 낙타를 발길로 채근하며 끝없이 사막을 달리고 싶었던 건 왜였던가요. 미란 지나 니야. 니야 지나 호탄. 호탄 지나 야르칸드. 모래바람 거센 롭사막과 타클라마칸사막을 헤치며 나는 무엇을 찾고 싶었던가요. 몇 날 며칠 모래비만 퍼붓다 매몰되고 만 누란쯤 가면 찾아볼 수 있을지. 막고굴에 앉아 있던 그 많은 불상들이 한낱 돌덩이로만 보이던 날, 돈황은 영하 12도였습니다. 막고굴 428굴에 피어 있는 금은화는 오랜 세월 그렇게 영하의 돈황을 견디어내고 있었겠죠. 영하의 날씨에도 얼어붙지 않는 월아천은 언제나 달의 이빨입니다.

중국, 타클라마칸사막의 겨울 풍경. 저 너머로 곤륜산맥이 펼쳐져 있다. | ⓒ 여동완

그 옛날 사막을 향해 길 떠나던 사람들이 지극한 신앙심으로 조성해놓은 석굴들. 적지 않은 부분이 훼손되어 있지만 그 석굴들은 수많은 세월이 흐른 지금까지도 그 시절의 찬란했던 문화를 유감없이 전해주고 있다. 실크로드의 관문인 돈황을 더 유명하게 만든 것은 불교 문화의 보고寶庫라고 할 수 있는 막고굴 때문이다.

:: 금은화金銀花는 인동초忍冬草의 다른 이름

나비에 대한 명상

::

한 마리 나비의 날갯짓이

바다 건너 태풍을 몰고 올 것이라는 말은

틀린 말이 아니다.

꽃 한 송이를 꺾기만 해도

별들이 깨어난다.

자세히 보면 세상은 다 연결되어 있다.

하나도 통하지 않는 것이 없다.

허공에 숨었던 꽃이 느닷없이 만개하듯

지켜보면 세상은 놀라움 투성이다.

내가 저지르고 만 낯뜨거운 실수

그건 내가 한 일이 아닐지도 모른다.

내 안에 숨어 있는 무수한 기적

저지르고, 버림받고, 관계 맺는

기적 아닌 기적

다만 인간이라 꿈꾸고 있을 뿐 나는

인간이 아닐지도 모른다.

개는 자기가 개라고 꿈꾸고 있을 뿐

개가 아닐지도 모른다.

태풍이 나비의 날갯짓인 줄도 모르고 나는

지금까지 내게 속아왔는지도 모른다.

3

파도에 밀려 떠내려가고 있는

섬들의 저 막막한 부유浮遊

무엇이 남고 무엇이 사라질 것인가.

누가 기다리고 누가 끝내

돌아오지 않을 것인가.

노을 강

::

사랑도 못 잊을 사랑이라면

흐르는 강물인들 멈춰 가지 않겠나.

아물지 않고 덧나기만 하는 상처처럼

이별도 그렇게 아픈 이별이라면

메마른 눈빛인들 젖어오지 않겠나.

원근遠近의 들판 위로 새들이 물어놓는

금빛 햇살

눈감아도 온몸 가득 흘러 들어오는

초록을 수태受胎시키는 저 햇살

사랑도 마음 깊이 넣어둘 수밖에 없는

말못할 사랑이라면

속모를 강이라 한들 타오르지 않겠나.

등대

::

얼마나 더 가야 이 슬픔 끝날까.

얼마나 더 가야 지치고 아득한 길

그만둘 수 있을까.

파도가 파도를 때려 부서지는

마음이 마음을 찔러 피 흐르고 마는

바다에 앉아 섬 바라보며

누가 적막을 고요하다 말할 수 있으랴.

슬픔을 누가 아름답다 말할 수 있으랴.

파도에 밀려 떠내려가고 있는

섬들의 저 막막한 부유浮遊

무엇이 남고 무엇이 사라질 것인가.

누가 기다리고 누가 끝내

돌아오지 않을 것인가.

그리운 사람

::

세월이 지나가야 깨달아지는 게 있습니다.

아이들을 나무라다가 문득

나무라는 그 목소리가 누군가와 닮았다고 생각할 때

아니면

즐거운 일로 껄껄 웃음 터뜨리다가

허공 속으로 사라지고 마는 그 웃음소리가

어디선가 들은 것 같다는 생각이 들 때

떠오르는 모습이 있습니다.

전화가 울리고 그 전화가 알리는 급보가

채 끝나기도 전

마지막 숨을 놓아버리신

아버지 가신 뒤 많은 세월이 흘렀습니다.

사실은 흐른 게 아니라 고여 있을 뿐

움직이지 않는 세월 속을

내 몸이 허위허위 헤쳐왔습니다.

그렇게 헤쳐오는 동안 문득 깨달아진 게 있습니다.

그 작은 마당에 목련나무나

앵두나무 한 그루라도 더 심고 싶어하시던

아버지의 마음을 이제야 알게 된

나는 지금

그리움을 속으로 안아야 할 나이입니다.

공양

::

제 몸 분질러 나무는 남을 덥힌다.

잡목이라 누구 하나 거들떠보지 않던 나무도

타오르는 순간 누구보다

눈부시고 뜨겁다.

불똥 튀기며 이글거리고 있는

아궁이 속의 저 공양供養

평생 누구 하나 받들지 못한 내 마음이

껴입고 있던 옷을 하나하나 벗어버린다.

사랑의 기도

: :

영하의 대지를 견디고 있는 나목처럼

그렇게 누군가를

사랑할 수 있다면 좋겠습니다.

꽃 한 송이 피우기 위해 제 생애 바친

깜깜한 땅 속의 말없는 뿌리처럼

아무 것도 바라지 않고 아무 것도 누리지 못해도

온몸으로 한 사람을

껴안을 수 있다면 좋겠습니다.

아무도 미워하지 않고 아무도 원망하지 않는

잔잔하고 따뜻하며 비어 있는 그 마음이

앉거나 걷거나 서 있을 때도

피처럼 온몸에 퍼질 수 있다면 좋겠습니다.

노추산

::

입 속에서 방울소리가 난다.

양수와 음수가 합해지는 아우라지 지나

철길 지워진 구절리쯤서 노추산을 바라본다.

깜깜한 입 속에서 누가 움직이는 소리

증산, 선평, 나전, 여량

이름을 부르는 순간 딸랑거리며

내 안의 방울이 운다.

이쪽과 저쪽에서 잡아당기듯

팽팽하게 긴장되어 있던 마음이

화르르 떨리며 소리를 낸다.

딸랑거려라 내 마음,

마음대로 흔들거려라 내 마음,

날마다 잡고 있는데도

마음을 잡는다는 것은 문득

허공을 보는 것과 같다.

물위에 글 새기듯 돌멩이 하나

허공에 던지는 것과 같다.

맨살의 배추를 손으로 뜯어내며

파랗게 웃고 있는 고랭지의 햇발이

입 안 가득 품고 있는 방울소리,

산다는 것은 문득

산을 지고 있는 것과 같다.

등짐 가득 산을 지고 또 다른 산을 향해

올라가는 것과 같다.

空

::

씨앗을 쪼개본다.

아무 것도 그 속에 숨어 있는 게 없다.

어디 있다 왔는가 꽃들은?

어디서 왔다가 어디로 사라지고 있는가?

바다

: :

누가 그 바다를 읽고 있었을까.

물결이 물결을 뒤집어 귀썀 올리는

파랗게 울고 있던 책갈피에 지문 남기며

손가락이 다 닳은 면장갑 한 켤레 바구니에 담아

그만 돌아갈 때가 되었다고 나를 흔드는

저 자명종이 깨워주는 인생의 새벽

어딘가 뒷모습을 찍어놓고 사라진 사람의

까맣게 인화된 등뼈 사이로

불어왔다 불어가는 바람소리

그 바다를 누가 읽지 않고 갔을까.

누가 그 속에 앉아 울고 있을까.

초록

::

벌레 우네요.

은종이 구겨지듯 가을이

열려 있는 문틈에다

봉투 한 장 밀어넣네요.

살아 있겠지?

자다가 나가보면 마당에

달이 훤해요.

아무도 만나지 않는 세월

초록이 남기고 간 힘으로 견디다 보면

넘어갈 수 있겠지요.

적소에서

::

그는 갔고

내 머리는 너무 길어 자주

눈을 찔렀습니다.

자다가 일어나 창 밖을 보면

감나무 가지 가득 희붐하게 새벽이 걸립니다.

계절이 깊어 이미 차가운

유리창에 손바닥 대어보며 나는

어디가 적소謫所인지

일으켜놓은 몸 깨워 물어보곤 합니다.

세상이 환하게 열매를 달고 있던

가지는 휠수록 더 유적幽寂에 가까운지

잠들지 못한 밤이면 새도록 강물소리에 젖습니다.

문득 비켜서서 바라보는 세간

한 잔의 연차蓮茶에도 씻어지지 않는 마음이

달그락, 소리내며 다관茶罐을 내려놓고

가다 보면 아니 닿을 리 없으련만

아무 것도 품어 안지 못한 미혹이

흐르는 물에 쓸려 떠내려갑니다.

벗어둔 신발 물끄러미 내려다보며 나는

아껴둔 세작細雀 우려내듯 그윽하고 싶습니다.

:: 세작 : 곡우 전후로 딴 햇차

:: 86

절

::

산꽃이 핀다.

지켜봐도 나는

오므렸던 봉우리가 개화되는

그 순간의 경계를 알아차릴 수 없다.

물방울 하나에 바다 전체가 들어가듯

피고 있는 꽃봉오리 하나로

우주가 꽃 핀다는

그 말을 나는 알아들을 수가 없다.

무엇이 나를 매달리게 하는가.

후드득, 꽃 진 자리에 앉아 나는

앉아 있는 나를 지켜본다.

지켜봄으로써 붓다는 깨달음을 얻었다.

쉬고 있던 톱소리 요란해지기 시작하는

산 속의 절간

정신나간 님들은 놀러가고 없고

불사不死의 불사佛事가 한창이다.

절은 지금 불사 중인데

지켜보면 절은 보이지 않는다.

존재하지 않았다

::

나는 흔들린다.

한 마리 나비의 날갯짓에도 휘청거리는 나는

가는 비에 온몸 젖는다.

한때는 시작이 있는 만큼

끝 또한 있으리라 생각했던 삶

나는 이제 그 속에

아무 것도 분명한 것이 없다는 사실을

깨닫는다.

설령 내 몸이 병을 만나 해체된다 해도

남는 것은 한때 내가 지상을

스쳐갔다는 사실 하나.

그것조차 분명한 건 아니다.

존재란 그 자체가 이미 그림자일 뿐

한때 내게 안겼던 몸의

따뜻한 체온 또한 그림자일 뿐

한 마리 나비의 날갯짓에도 휘청거리는 나는

아무리 찾아봐도 없다.

봄비

::

평행봉이 비를 맞는다.

허공에 매달린 채 젖고 있는 그네는

고행 중인 성자 같다.

우산을 든 채 나는

미끄럼틀 위로 올라가 본다.

분주하던 소리 그치고

조용하다.

다들 집 나가고 없는 모양이다.

목련이 벌어지고

작약은 지금 가부좌한 채 정진 중이다.

비오는 날 공원에 가보면

묵언 중인 선방 같다.

막 터질 것 같은 화두 하나 거머쥔 채

꽃들이 용맹정진하고 있다.

침몰하지 않고 견딜 수만 있다면 나도

한 소식할는지도 모른다.

부석사

::

마음이 먼지 같던 날

명아주꽃 피고 불에 거슬린 듯 내 마음

돌아올 수 없는 먼 곳으로 유배 가던 날

패놓은 장작 지펴 소리내며 갈라지며

눈앞이 대웅전이다. 조사는 불 끄러 가고

금당에 매달린 물고기 구하러 부목은

바가지 든 채 물 속에 빠지는데

사과나무 사이로 지나가는 법열을 비틀어놓는 일몰

은은하게 또는 감감하게

꺼진 뒤에도 미열로 남아 있는 예쁘지 않은 아름다움

배부르지 않으면서 배부른 체하는

달빛이 떠올라 산길이 뽀얗다.

동화사 가서

::

작대기 흔들어 가지 후려치면

사리 쏟아지랴.

내 어릴 적 동화사는 어디 갔나?

눈 속에 피던 그 오동꽃은 어디 있나?

일주문 들어서서 대웅전,

산 위에 달 뜨도록 기다려도

마당 가득 깔아놓은 대리석 안 밟고 갈 길 없고

산 그림자 눌러버린 통일대불 앞에 서면

나는 문득 통일하고 싶지 않아라.

엄청난 돌덩어리,

엄청난 고철의 용맹정진에 기 질려

아무 것도 통일하고 싶지 않아라.

산문 밖,

이십 리도 더 밖,

운판도 목어도 들리지 않는 그쯤에서

은행나무 두들겨 쏟아져 나올

노란 사리나 한 됫박 얻어 돌아가야겠다.

4

내려다보면

세상의 산들이 다 집합해 있는지

설산의 바다 위를 날아가는 나는

눈을 감아도 눈이 부시다.

라싸

::

산이 부스러지고 있다.

나무 한 그루 찾아볼 수 없는

산이 끌어안은 모래가 연꽃처럼

하늘로 치솟고 있다.

서 있기도 숨가쁜지

강가의 버드나무가 혀 내밀고 있다.

불모의 산들이 신앙하는 승왕僧王의 겨울궁전

마음아, 나를 조이며 끊임없이 내 안에서 복닥거리던

나사 같은,

햇살에 튀어나온 콩깍지 같은,

내 마음아

저 높은 궁전 나부끼는 깃발 위에 앉아

훨 날아가고 싶은

훨 잊어버리고 싶은

누가 불러내어 나갔나.

몸 적응하도록 기다리지 못한 내 마음

저 혼자 구경가고 없다.

여기까지 뭐 하러 왔나.

허락도 없이 놀러나간 내 마음 여기까지 왜 왔나.

세월도 불성도 몸 끝나면 없는 것

놀러나간 마음을 몸이 누워 원망한다.

중앙티벳. 라싸와 네팔 카트만두를 잇는 우정공로에서 본 양치는 풍경 | ⓒ 여동완

라싸 외곽, 키추강을 따라 도열한 산들은 한결같이 가슴 가득 모래를 안고 있는 민둥산이다. 불꽃처럼 솟구치며 정상을 향해 세력을 넓히고 있는 모래로 인해 세월이 가면 산들은 모두 사막으로 바뀔지도 모른다. 승려이면서 티벳의 군주이기도 한 '달리이 라마'가 거주했던 포탈라궁 역시 민둥산 위에 버티고 있는데, 그 척박한 곳에도 그러나 우기가 되고 비가 내리면 파랗게 풀이 돋아난다. 해발 3,600미터가 넘는 라싸에서 가장 견디기 힘든 일은 두통과 구토를 동반하는 고소증. 걷는 것만으로도 숨이 가빠오는 고소증은 낮은 곳으로 내려가면 없어지지만, 안타깝게도 라싸에선 3,600미터 아래로 내려갈 곳이 없다.

안나푸르나

::

'외로운 행성' 에 앉아 너를 본다.

산골 아이 마니따를 안고

꽃 피는 마을에 솟아오른 너를 본다.

타다파니 지나 간드룽,

쏟아지는 우박 맞으며 찾던 얼굴

눈감으면 골짜기 가득 네 얼굴이 시리다.

우비를 꺼내 입으며 함께

그리움도 꺼내 입는다.

아, 다시 살면 나는

그리움 하나로 서 있으리라.

그리움, 그 갈매빛 갈고리를 네게 걸어

눈부신 정상을 오르리라.

히말라야의 아침,

우박 대신 쏟아지는 햇살 맞으며 아이는

은빛 똥을 누고

몇 발짝 내려가면 닿을 간드룽의 학교까지

아이를 데려가는 그는 시인일지 모른다.

안나푸르나가 바라뵈는 게스트하우스 '외로운 행성' 의 주인

두 갈래로 땋아내린 마니따의 머리카락 만지며 걷는

그가 쓴 시가 안나푸르나일지 모른다.

히말라야의 산마을 간드룽을 지척에 둔 게스트하우스 '외로운 행성' 에는 남편 단과 아내 스리수바가 딸 크리스티나와 마니따, 그리고 외아들 산데스와 함께 살고 있다.

얌드록초

::

묵묵히 짐 지고 산길 가거나

한 마디 불평 없이 밭 갈고 있는

야크는 사람보다 얼마나 명상적인가.

만트라 염송하며 오르막길 올라가는

나는 지금 흔적도 없이 지워지고 있는지 모른다.

하얗게 지워진 전생으로 돌아가 숨 헐떡거리며

반복되는 꿈속을 윤회하고 있는지 모른다.

모든 것이 불현듯 텅 비어버리는

낯선 이 공허를 존재의 이탈감이라 불러도 되는 걸까.

아니면 상실감이라고 불러야 하는 걸까.

집요한 욕망이 마침내 놓치고 만 끈질긴 내 자아의 유체이탈

아무 것도 사실은

사라지는 것은 없다. 아무 것도 존재한 것이 없었던 만큼.

찢어질 듯 새파란 저 물빛 또한 빛이 만들어낸 착각일 뿐

파란 것이 아닐지 모른다.

모든 게 허구일지 모른다.

지금 내가 바라보는 눈 덮인 산과

만년설 녹아내린 저 호수 또한

희박한 공기가 만들어놓은 신기루일지 모른다.

내가 바라보는 게 아니라 오래된 내

집착이 바라보는 것인지 모른다.

물이라기보다 선명한 보석 같은 저 물빛

날카로운 면도날에 손가락 베듯

나는 내가 지금까지

어디에도 존재하지 않았다는 사실을 들키고 만다.

'얌드록초' 는 티벳에 있는 빙하호로, 해발 4,800미터 가까운 높은 지대에 있다. 높이 올라갈수록 희박해지는 산소 때문에 이곳을 찾는 여행자들은 대부분 고산증을 경험하는데, 심한 경우 기절하는 사람도 있다.

약 1,500개 정도의 호수가 있는 티벳에는 '얌드록초' 외에도 하늘호수라는 이름으로 불리는 '남초' 와, 물위에 영상을 비춰냄으로써 환생한 14대 달라이 라마를 찾아내는 데 기여했던 '라모 라초', 그리고 성산聖山 '카일라스' 를 적시고 있는 '마나사로바' 등 신비한 호수가 많다. '초' 라는 말은 호수를 뜻하는 티벳어이며 '얌드록' 은 전갈이란 뜻으로 추정되는데, 내 귀에 들리는 현지인들의 발음은 '얌드록초' 보다 '양조 용초' 에 더 가깝다. '얌독 염초' 라고 표기된 관광지도도 있으며, 호수 주변엔 티벳의 유일한 여성 린포체인 '도르제 팍모' 가 승원장을 지낸 삼딩 사원이 있다.

히말라야

::

개금 벗겨지자 드러나는 불성처럼
안개 지워지자 서서히 인화되는,

때로 그런 순간이 있다.
모서리를 도는 순간 생이 저만치 비켜서 있는 빛처럼
반쯤은 눈부시고 반쯤은 텅 비어버려
손들어 얼굴 가리지도 못하고 주르르
눈물 흘려버릴 때가 있다.
어떤 수식으로든 지금의 이 순간을 장엄하고 싶은
기적 같거나 꿈 같거나 더러는 운명 같은
그런 걸 시라고 말해도 되는 걸까.
지금 걷고 있는 이 시간을 생이라고 말할 수 있는 걸까.
좌탈입망한 채 석양에 다비되는 저
산들의 연화장세계
지금까지 나는 내가 살아 있다고 생각했다.

미소를 짓거나 눈물을 흘릴 때

그 미소 속에 또는 흐르는 눈물 속에 내가

살아 있는 것이 틀림없다고 믿었다.

그러나 지금

개금 벗겨져 맨몸 드러나는 저 순백의 연꽃 앞에 나는

살아 있었던 게 아니라 단지 생존하며

아무 것도 모르면서 그저

연명하고 있었던 것이라는 사실을 깨닫는다.

그 뒤에 산이 있는 줄 까맣게 모르고

안개 속을 헤매는 미혹 하나로

단지 숨쉬고 있다는 사실 하나로 나는 내가

살아 있다는 사실을 믿어 의심하지 않았다.

:: 104

고독한 방랑자

공항에 앉아 엽서 쓰고 있는 여자

붉게 탄 다리 드러낸 채 글쓰고 있는 그녀를

산에서 봤다.

가꾸지 않은 저 금발은 방랑의 흔적

마차푸차레 바라뵈는 반단티의 로찌에서

담배 피던 그녀

그때, 그녀의 눈 속에 담겨 있던 마차푸차레가 지금

떠나는 내 옷깃을 붙잡고 놓아주지 않는다.

히말라야는 내 침묵의 이유

돌아가면 내 마음이 견뎌야 할

고독의 오랜 친구

카트만두행 비행기 기다리며 엽서 쓰고 있는

그녀는 결코 히말라야를 잊을 수 없으리라.

다시 돌아오리라 바람처럼 평원을 질주하다

죽음을 앞두고 사라지는 마사이족처럼

깨알 같은 글씨 빽빽이 수첩에 적어 넣으며

고레파니, 아니면 촘롱쯤에 배낭을 풀고

생의 마지막 계절을 길 위에서 맞으리라.

네팔, 포카라에서 바라본 마차푸차레 | ⓒ 여동완

안나푸르나 지역에서 가장 두드러지게 드러나는 설산雪山 마차푸차레는 'Fish Tail' 이란 뜻 그대로 꼭대기가 물고기 꼬리처럼 두 갈래로 갈라진 모양이다. 네팔의 성산聖山으로 숭배되며 등반이 허용되지 않고 있는 이 산의 높이는 해발 6,993미터(또는 6,997미터)로 알려져 있다.

세라 사원

::

고양이 안고 있던 린포체,

알 수 없는 티벳어로 진언을 염송하던

세라 사원의 방장 예쉬 장파 린포체,

그가 취한 수인이 나를 열어놓는다.

좁은 승방 가득 순례객이 들어서고

검소한 침상에 앉아 그가 수기를 주는 사이

공 같은 몸 굴려 고양이는 마루를 건너간다.

예민한 저 짐승은 누구의 환생인가.

삐걱거리는 나무 층계 지나 또 다른 층계 이어지는

티벳의 사원

버터램프 켜놓은 실내를 빠져나오면

비수 같은 하늘이 산 위에서

새파란 이마 던져 오체투지해 온다.

옴 마니 파드메 훔,

지극한 마음으로 마니차를 돌리거나

티없이 웃고 있는 사람들

나는 또 무엇이 환생한 결과인가.

몇 생의 까르마가 단숨에 씻겨난 듯

빰 위로 구르는 눈물 물끄러미 지켜보며

계단에 걸터앉는 내 삶은 대체

무엇의 결과인가.

티벳의 수도 라싸 근처에 있는 세라 사원은 드레풍 사원과 함께 성년이 된 달라이 라마가 진리에 대한 법거량을 하며 일종의 신고식을 치르기 위해 방문하는 곳이다. 어렵게 청을 넣어 현재 그곳의 방장方丈이자 정신적 스승인 '예쉬 장파' 스님을 친견하는 순간 한눈에 범상치 않은 기운이 느껴졌다. 아니나다를까 그는 환생한 '린포체'였고, 수기受記를 받기 위해 그와 마주앉는 순간 나는 불현듯 내 존재가 텅 비어버리는 듯한 느낌에 사로잡혔다.

타임머신이라도 타고 먼 과거 속으로 들어간 듯 의식의 착란을 경험하던 나. 순간 노승의 무릎에 앉아 있던 고양이가 실타래 굴러가듯 바깥으로 사라졌고, 그 순간 나는, 아니 내가 아닌 나의 의식은, 고양이의 몸놀림을 따라 바깥으로 향했다. 사라지는 고양이를 쳐다보고 있는 '나'와 그 '나'를 지켜보는 내 속의 또 다른 '나'……. 어쩌면 그 순간 내가 '나'라고 생각하고 있던 내 '집착'과, 나의 의식은 극적인 분리를 겪고 있었던 건지 모를 일이다. 노승 예쉬 장파가 지니고 있던 고요함의 무게 때문이었을까? 두 손을 움직이며 그가 만들어 보이던 수인手印 또한 침묵을 건너뛰는 힘으로 내 영혼을 흔들었다.

수많은 생이 흐른 뒤 언젠가 붓다가 될 수 있다는, 깨달음에 대한 일종의 보증을 받는 것을 수기라 한다면, 깨달음의 내용을 손을 통해 나타내는 것을 수인이라 하는데, 불교의 수인은 모두 8만4천 가지나 된다.

시가체 가는 길

::

나는 지금 어느 별에 와 있는 걸까.

가쁜 숨 가라앉고 비로소 편안한 시간

별똥별 떨어지는 어디쯤 내가 살던 세상이 있는 걸까.

은하수 사이로 창포강이 흐르고

어둠 속을 굴러가는 저 굉음은

광속의 빠르기로 나를 버리고 싶은 건지,

버려진 것들이 경청하는

생략과 절제의 새벽 종송鐘頌

경배하는 자세로 나무는 운명을 위안한다.

누가 저 공간에 살고 있는지,

소리내며 누가 저 아득한 빛 속에 숨어 있는지,

별들은 강물을 명상한다.

다리 건너자마자 두 갈래로 갈라지는 길

다만 불이不二는 경전 속의 수사修辭인가.

세상의 모든 길은 다 그렇게 갈라진다.

공가현 쪽으로 들어서다 시가체 가는 길 바라보며

불귀, 불귀

다시는 어디로도 돌아가지 않으리라 다짐한다.

공가현縣의 공가라는 말은 설산을 뜻하는 중국말이라고 한다. 리싸에서 공항이 있는 공가현 쪽으로 가려면 아스팔트 깔린 도로를 달려 다리 하나를 건너야 하는데 다리 건너 왼쪽은 공가현 가는 길이고, 오른쪽은 시가체 가는 길이다. 티벳 제2의 도시인 시가체는 창포 강변에 위치한 마을로, '판첸 라마' 가 거주하던 타시룬포 사원이 있는 곳이다. 티벳에서 맞이한 깜깜한 새벽, 공가현이나 시가체로 향하는 길은 떨어지는 별똥별과 흐르는 은하수로 화엄이다.

카트만두

::

아무 것도 사실은

실재하는 것이 없다는 그 말을 나는

내 것으로 할 수 없다.

소음과 매연 너머 설산이 떠오르고

인도와 차도가 구분되지 않는 길 위로

폐차 상태의 자동차와 릭샤가 엉기고

복제품과 불량품과 민속품이

한꺼번에 흥정되는 생업의 나날이

인종과 인종이 충돌하는 소란 속에 뒤엉기는

난장판의 이 순간이 존재하지 않는다니?

존재하는 것은 다 환이라는

경전의 그 말을 나는 믿을 수가 없다.

폭격 맞듯 혼란한 골목길 빠져나와

반챠가르쯤 앉아 숟가락질 해보는

기품 있는 이 저녁도 믿을 수가 없다.

한겨울에도 눈 내리지 않는

영상의 체온이 숭배하는 설산,

금박의 만다라와 고가高價의 탕카 일별하며

타멜 빠져나와

스와얌부나트나 부다나트쯤서 바라보고 싶은 설산,

심안心眼이 열리면 찾을 수 있을까?

스투파에 그려놓은 저 지혜의 눈 열리면

찾을 수 있을까?

어디에도 나는 존재하지 않는다.

시간도 다만 몸 있을 동안만 있을 뿐

세상 있을 동안만 있을 뿐

과거, 현재, 미래가 사실은 한자리에 찍어놓은

점 하나에 지나지 않는다는

대책 없는 그 말을 나는

내 것으로 가질 수가 없다.

드레풍 사원

::

회랑을 따라가면

수많은 기둥 버티고 있는 대법당

흔들리는 불빛과 초 타는 냄새

단상에 앉아 있는 불상이 무서워

나, 오래 이곳에 머물고 싶지 않다.

한때 일만의 라마가

금강의 지혜 구하기 위해 상주하던 사원

문 밖을 나서면 쏟아져 내리는 하늘이

벗겨진 치마처럼

해발 5,600미터 곰페우체 봉우리 끝을 펄럭이고 있다.

다 버리고도 더 남은 것 있는지

뭔가 할 말을 넣어둔 듯 다가서는 민둥산의 저 과묵

머리끝을 찔러오는 냉기에 쫓겨 허약한 내 육신은

밀교의 제의祭儀를 더 감당하지 못하겠다.

계단을 내려가면 그제야 두근대는

햇살의 광장

돌 위에 앉아 있던 몇 생 뒤의 내 그림자가

불립문자로 깨우쳐놓은

흰 벽과 진언의 떠 있는 성소聖所

많을 때는 1만여 명의 승려가 상주했다는 드레풍 사원 대법당엔 무서운 얼굴의 문수보살상이 모셔져 있다. 티벳의 여느 사원과 마찬가지로 버터램프가 켜져 있는 법당 내부는 어둡고 무거운 분위기인데, 음울한 실내를 빠져나와 하얀 벽과 차양으로 치장된 사원의 아름다운 외양을 바라보고 있노라면 우울한 기억들은 저만큼 사라지고 만다. 그만큼 하늘이 투명하기 때문인데, 해발 5,600미터의 산봉우리 위에 걸려 있는 하늘을 쳐다보는 순간 울컥, 눈물이 솟구치는 것은 무엇 때문일까?

린포체

::

히말라야가 자라고 있다는 사실을 나는
그때까지 몰랐다.
은빛의 저 안나푸르나와 다울라기리,
쵸모랑마와 시샤팡마가 날마다 조금씩
그 높이를 더해가고 있다는 것을 나는 까맣게
모르고 있었다.
어제 오른 사람보다 내일 정상을 밟을 사람이
몇만 분의 일, 또는 몇십만 분의 일이라도 더 높은
산 위에 서는 것이라면
신화의 높이 또한 올라가고 있는 걸까?
히말라야가 자란다는 말은 신화가 자란다는 말이다.
신화는 아득하게 잡히지 않아 아름답고
어제 올랐던 산을 다시 오르는 건
산이 인간을 비워내기 때문인데
비울 수 없는 나는 자꾸
눈앞에 서 있는 신화를 확인하려 애쓴다.

일종의 살아 있는 신화인 린포체는 환생한 사람을 가리키는 말이다. 히말라야산맥을 중심으로 발달해온 티벳 불교의 독특한 기호인 린포체는 달라이 라마에 이르러 그 절정을 이룬다. 티벳을 비롯해 네팔과 인도, 중국, 파키스탄, 아프가니스탄 등에 걸쳐 있는 히말라야산맥은 유라시아판과 인도판이라는 암석권이 충돌해 솟구친 것으로, 해마다 고도가 조금씩 올라가고 있는데 암석권의 충돌이 지금도 진행되고 있기 때문이다. 초모랑마는 에베레스트의 티벳식 이름.

천산

::

서장에 와서 서역을 꿈꾼다.

西藏? 藏자가 맞는지 모르겠다.

중국인들이 붙여놓은 이름

낙타 한 마리 없는 이곳에 와서

천산남로를 꿈꾼다.

하미, 투르판, 쿠차, 카시카르

내 한 마리 낙타로 환생해 그 길을 가리라.

불모의 민둥산 넘어

마음이 먼저 가버린 그 척박한 땅 위로

인주 같은 발자국 찍어놓으리라.

죽음이 몸보다 뒤에 오는,

구루의 불성이 절망과 뒤섞이는,

천산은 지금 모래 너머 있을 뿐

서장에 앉아 나는

펼쳐보지도 않은 지도 위를 탄식하고 있는데

유형流刑의 낙타 끌어 서역을 가듯

길눈이 어두워 아무 것도

깨달을 수가 없다.

:: 서장西藏은 티벳의 중국식 표기이며, 구루는 깨달음의 스승을 일컫는 말

환생

::

서장의 장의사는 푸줏간의 칼잡이다.

짐승을 대하듯 칼을 사용해 살집을 발라내고

뼈를 토막낸다.

그가 토막내는 척추는 한때

그가 경배했던 사원의 욕망이다.

버릇처럼 그가 외던 만트라는

수평의 들이 되어 바닥에 눕는다.

척박한 대지와 메마른 공기

발라낸 살과 내장을 바위 위에 놓아두면

기다리던 날것들이 몰려든다.

환생을 의심하는 사람은 아무도 없다.

발자국 하나 남기지 않는 허공의 새처럼

돌아오기 위해 사람들은

아무 것도 가져가지 않는다.

티벳에는 묘지가 없다. 독수리 같은 새들에게 시신을 바치는 조장鳥葬 풍습 때문이다. 환생을 신앙하는 티벳 사람들은 시신을 땅에다 묻으면 다시 태어날 수 없다고 믿기에 매장을 하지 않는다(만트라는 밀교의 진언眞言을 뜻함).

포탈라궁

::

발자국 보고 깜짝 놀랐네.

동판에 새겨놓은 성자의 흔적

파드마삼바바, 나가르주나,

지금까지 그들을 전설로만 알았네.

입으로만 경전을 암송한들 무엇하리.

몸 떼어놓고 선정禪定을 흉내낸들 무엇하리.

진리 또한 전설로만 여겼을 뿐

붓다 또한 내겐

아득한 옛날의 흘러간 이야기였던 건 아닐까?

화인처럼 찍혀 있는 저,

지울 수 없는 법의 증거

동판에 새겨진 황금발자국 바라보며

찬물 맞듯 나, 잠에서 깨어나네.

오색 깃발 나부끼는 산 위의 궁전

주인 없이 텅 비어 있는

순례자와 등신불의 한량없는 만트라

티벳의 상징인 포탈라궁은 주인을 잃은 지 오래다. 승왕 달라이 라마가 중국의 침공을 피해 인도 다름살라에 망명정부를 차렸기 때문이다. 역대 달라이 라마들의 등신불을 비롯한 숱한 유적들이 있는 포탈라궁엔 놀랍게도 전설적인 성자 파드마삼바바와, 중론中論과 대장엄론大莊嚴論으로 유명한 나가르주나(용수)의 발자국이 금동판에 새겨진 채 보관되고 있다.

세상의 모든 산들

: :

내려다보면

세상의 산들이 다 집합해 있는지

설산의 바다 위를 날아가는 나는

눈을 감아도 눈이 부시다.

청뚜에서 라싸까지

국제선 아닌 국내선을 타고 가는 저 라마승

자줏빛 가사 어깨에 걸친,

햇빛에 그을려 과일처럼 익어버린,

밀교의 저 승려에겐 국경이 없다.

오성홍기 나부끼는 공항에 내리면

라싸는 이미 티벳 아닌 서장西藏,

눈앞을 막아서는 깃발에 가려

길 위를 봐도 길 찾을 수 없다.

중국 사천성 청뚜에서 티벳의 수도 라싸까지 가는 항공편이 국제선 아닌 국내선인 것은 티벳이 중국의 식민지가 되어버린 까닭이다. 청뚜공항을 이륙한 뒤 약 1시간 30분 동안 비행기는 온통 흰 눈밖에 보이지 않는 설산의 바다 위를 날아간다. 설산의 행렬이 끝날 때쯤 돌연 비행기는 나무 한 그루 자라지 않는 민둥산 사이를 뚫고 착륙하는데, 기착지인 라싸공항 광장에는 티벳 국기 대신 중화인민공화국의 오성홍기가 시야를 막는다.

고레파니

::

모르는 사람들 속에 있었네.

바깥은 장대 같은 소나기 퍼붓고

삐거덕거리는 나무 계단 밟으며

조심조심 내려가는 하모니카소리 들리네.

저마다 제 나라 말로 지껄여대는

불빛이 흐려 산 속의 밤이 깊네.

낭게탄티 떠나 고레파니

동백처럼 떨어지는 라리구라스 숲 지나

한나절을 걸어서 여기까지 왔네.

눈감으면 마음 가득

설산이 안겨 잠들 수 없네.

점점 몬순이 가까워오고

계절이 바뀌기 전 그만 돌아가야 하네.

빗속에 갇힌 채 앉아 있어야 하는 산

멀리서 우렁우렁

설산이 소리질러 잠 못 이루네.

산마을 고레파니는 안나푸르나 지역 트레킹에서 빼놓을 수 없는 지점이다. 많은 게스트하우스들이 있는 고레파니 부근은 네팔의 국화인 라리구라스 숲이 많아 꽃 피는 철이 오면 장관을 이룬다. 멀리서 보면 꼭 동백처럼 보이는 라리구라스는 고도에 따라 분홍과 붉은색, 그리고 흰색의 세 종류로 나누어진다. 건기와 우기밖에 없는 네팔의 설산은 몬순이 다가오면 퍼붓는 비에 가려 숨어버리고 나오지를 않는다.

은자

::

나는 지금 숨어 있는 것인가.

말인지 노새인지 털 다 빠진 짐승을 타고

산을 내려오는 저 까맣게 얼굴이 탄 촌로여

내가 타던 말굽이 어디 있는지 나는 알 수가 없다.

만년설 녹아내린 생수 한 병 옆에 차고

나 또한 또각또각 말 한 마리로 걷고 싶지만

숨어 있는 건지 어디 있는 건지 나는 나를 모르고 있다.

하기야 구태여 알 필요도 없다.

숨을래야 숨을 필요도 없는 박모의 빛 속에서

전신을 드러내고 있는 설산들을

지켜보는 것만으로도 행복하다.

한때는

밤마다 산이 조금씩 자라는 줄 알던 때가 있었다.

자라기 위해 산이 밤마다 그렇게 윙윙 소리내며

울고 있는 줄 알았던 때가 있었다.

산이 우는 것이 아니라

지나가는 바람이 울고 있다는 사실을 아는 순간

나는 성장을 멈추었다.

키 작은 말 등에 앉아 산을 내려가는 은자여

나는 더 내려갈 곳이 없구나.

어디 있는지 알 수 없는 나를 찾아

더 내려갈 세상이 없구나.

행복한 여행

::

어느 날 나는 세상에서 쫓겨났다.

한 번의 동의도 없이

단 한 번의 양해도 없이

세상이 내다버린 내 두 다리가

굴곡진 길 위에서 휘청거릴 때

나는 행복하다 우연하게.

아무 것도 모르지만 아무 것도 더

씹을 것 없는 삶처럼

불운을 이유로 행복하다.

둥근 지구나 둥근 양파,

휘어버린 지평선 끝쯤에서 떠오르는

세상의 아침은 다 불운하기에 신선하다.

금속의 양광이 길 위로 꽂히고

남루한 날짜 위를 걸으며 누가 여행을

일탈이라 부르는가.

격발되지 않는 생을 절벽이라 부르는 자 누구인가.

손가락 구부려 방아쇠 걸어놓고 나는

조준선에 정렬된 채 또 나를 본다.

세상이 내다버린 생의 이력들이

끓어오르며 파랗게 청산가리 같은 날

낡은 악기에 기대어 노래하며 나는

가야 할 길이 있어 행복하다.

여행에의 권유,
혹은 내 마음과 몸의 노래

이승하 |시인·중앙대 교수|

시인은 왜 여행을 떠났던 것일까

역마살이 끼어 있든 그렇지 않든, 사람은 여행을 통해 성장하게 마련이다. 자신의 정체성 확인도 여행을 통해 이루어지는 것이 다반사이다. 문학인의 독서와 저술은 결국 골방에서 이루어지는 것이지만 골방에 있는 한 그는 우물 안 개구리일 수밖에 없다. 우물을 벗어났을 때, 비로소 하늘이 동그랗지 않고 끝간 데 없이 펼쳐져 있음을 알게 된다. 더구나 숲을 거닐어본 시인이라면 사막의 바람을 맞아보아야 한다. 산을 넘어본 시인이라면 바다를 건너보아야 한다. 비를 맞아본 시인이라면 눈을 만져보아야 한다.

상상과 체험의 정교한 교직이 시라고 할 때, 상상력을 더욱 풍성하게 키워주는 일이 바로 체험일 것이다. 의도적인 체험으로 여행 이상 가는 것은 없다. 여행을 해본 적 없는 칸트의 철학에는 향기가 없지만, 이탈리아 여행을 한 뒤의 괴테 작품이 이전 작품에 비해 얼마나 사상적 품격과 시적 향취를 갖추게 되었는지를 생각해보라.

여행은 그런 것이다. 세상을 달리 보게 하고 나 자신을 달리 생각하게 한다. 다른 세계에서 다르게 살아가는 사람들의 모습이, 내가 살아온 데와 완전히 다른 풍광이 펜을 쥔 시인의 손에 힘을 불어넣어줄 것이다. 『얼마나 더 가야 그리움이 보일까』의 시는 약 반수가 해외여행의 산물이며, 국내 사찰과 산에 갔다와서 쓴 시도 여러 편 된다. 낯선 세계를 여행하는 동안 시심이 꿈틀거리지 않았다면 그를 어떻게 시인이라고 부를 수 있으랴.

여행은 언제 떠나는 게 좋을까. 시간적 여유가 있을 때? 혹은 경제적 여유가 생겼을 때? 아니면 같이 갈 사람이 나타났을 때? 여행을 떠날 찬스는 그런 때가 아니라 바로 이런 때라고 시인은 자신의 경험에 비추어 독자에게 권유한다. "낯선 이들 속에 앉아 맛없는 음식을 먹거나/보내기 싫은 사람을 보내야 할 때", "마음이 저절로 움직여/모르는 여인을 안고 싶을 때", "한때는 내 눈이 진실이라 믿었던 것/초처럼 녹아내려 지워질 때"(「여행은 때로」) 하는 것이라고 시인은 말한다. 하지만 "여행은 때로 행복한 도망일 때" 있다는 것이야말로 적절하고도 절묘한 표현이다. 몸 고달파지고 마음 외로워지는 것이 여행이지만 일상의 온갖 사슬을 끊어버릴 수 있기에 행복한 도망인 것이다.

그런 것이다 여행은/천 년 전 내 전생이 살아 있던 곳/복잡한 바자르와 골목길 지나/하늘은 강을 끌어당겨 장작 위에 눕히는데/떠내려가는 저 촛불은/언젠가 내가 흘린 눈물인 건 아닐까./(중략)/여행은/원색의 사리 걸친 한 생애가 먼지 속에 육탈되듯/나마스떼, 나마스떼, 두 손 모아 합장하며/양은그릇처럼 덜그럭덜그럭 흔들리거나/벗어나는 것이다.

-「여행」에서

시인 자신이 붙인 각주에 나와 있는데, '바자르'는 시장이며 '나마스떼'는 인도식 인사말이다. 인도에 가 시장과 주택가 골목, 갠지스강가를 돌아다니면서 시인은 여행의 의미를 생각해본 모양이다. 시인에게 여행은 미지의 세계를 찾아가는 공간상의 여행이면서 동시에 전생의 내가 살았던 곳을 탐방하는 시간상의 여행이기도 하다. 그 세계에서는 "똑딱거리던 시간이 발을 감추고" 선다.

시공을 초월하여 미지와의 조우를 이룩한 시인에게 여행의 의미는 "양은그릇처럼 덜그럭덜그럭 흔들리거나/벗어나는 것"으로 와닿는다. 즉 덜그럭덜그럭 흔들리는 것은 미지의 세계에 동화됨을, 벗어난다는 것은 현실로부터 일탈함을 뜻하는 것이리라.

그렇다면 시인은 내가 몸담고 사는 현실 세계에서 벗어나 다른 세계(혹은 시간대)로 가서 거기에 몰입해보고자 먼 이국으로의 여행길에 나선 것이 아닐까. 윤회 전생轉生을 설하는 불가의 가르침을 믿는 시인은 "나는 또 무엇이 환생한 결과인가"(「세라 사원」) 하고 중얼거리면서 발걸음을 재촉한다.

둥근 지구나 둥근 양파./휘어버린 지평선 끝쯤에서 떠오르는/세상의 아침은 다 불운하기에 신선하다./금속의 양광이 길 위로 꽂히고/남루한 날짜 위를 걸으며 누가 여행을/일탈이라 부르는가.

-「행복한 여행」에서

여행은 단순한 현실 일탈이 아니다. 고생을 사서 하는 것이며, 때로는 고생을 넘어 고행이다. 음식도, 언어도, 숙소도 낯설기 때문이다. 따뜻한 내 집 안방에서 맞이하는 아침이 아니라 불편하기 짝이 없는 여행지에서의 아침인데, 시인은 역설적으로 그런 아침이 "다 불운하기에 신선하다"고 한다. 또한 "불운을 이유로 행복하다"고 한다. 보들레르가 「여행에의 초대」에서 거기 미지의 세계에는 모든 것이 질서요, 아름다움이요, 화사함과 고요와 쾌락이 있다고 노래했던 것처럼 김재진은 여행을 힘주어 예찬한다.

세상이 내다버린 생의 이력들이/끓어오르며 파랗게 청산가리 같은 날/낡은 악기에 기대어 노래하며 나는/가야 할 길이 있어 행복하다.

-「행복한 여행」에서

시 「행복한 여행」의 마지막 4행이다. 내 생의 이력은 청산가리 먹고 죽어버리고 싶은 나날의 연속이었지만 "가야 할 길"이 있으므로 나는 얼마든지 행복해질 수 있다. 그러므로 지금 곧 떠나야 한다. 돈을 세고 명예와 권력을 꿈꾸는 동안 나의 목숨은 소진될 것이다. 더 늦기 전에 일단 떠나고 보는 것이다. 그런 뜻에서 「구두에게 물어보네」의 몇 행은 의미심장하다.

시간은 가고, 세월도 갈 거야./우리가 걸을 수 있는 날들이 얼마나 남았는지 나도 몰라./사실은 아무 것도 알 수 있는 것이 없어./눈물인지 기쁨인지, 아니면 그 모든 것 다인지./알고 있는 사람은 없어./또 알면 뭐해. 그냥 그렇게 떠다니면 좋은 걸 뭐.

-「구두에게 물어보네」에서

여행의 이유는 여기에도 밝혀져 있다. 뚜렷한 목적 없이, 그냥 그렇게 떠다니면 좋은 것이 여행이다. 구두 가는 대로 가면 된다는 여행, 아아 얼마나 부러운 여행의 이유인가. KBS와 불교방송국 PD로 다년간 일하다 자발적 실업자가 된 이후 시인은 중국과 티베트 및 인도 여행을 다녀왔다고 한다. 이 또한 부러운 일이다. 현실의 온갖 구속을 훌훌 떨쳐버리고 여행길에 나설 수 있었던 그의 용기가.

중국과 티베트 여행지에서

시인은 해외여행을 해보지 않은 독자를 위해 가이드의 설명을 들으며 여행하고 있다는 느낌을 줄 정도로 아주 친절하게 각주를 달아 길 안내를 하고 있다. 이 시집에서 중국 여행의 수확물임이 확실한 것은 「고창고성」「얼마나 더 가야 그리움이 보일까(2)」「오랑캐의 가을」「천산」「명사산」「돈황 가는 길」 등이다. 그리고 히말라야와 카트만두 등 티베트 일대 여행의 수확물도 십여 편에 이른다.

한창 더운 7월 하순, 실크로드를 따라 여행해보았던 날들이 기억의 회로에서 새롭게 떠오른다. 실크로드는 이름 그대로 무역로 내지 대상로隊商路였다. 한의 무제가 중국 변방을 위협하는 흉노를 정벌하려고 장건을 중앙아시아로 파견한 것이 실크로드 개척의 시발점으로, 한나라는 장건 이후 '서역' 이라고 칭해지던 중앙아시아 및 서방 여러 나라와 사절을 교환하게 되고, 뒤이어 동서양의 상인이 왕래하게 된다. 당나라 태종이 안서도호부와 북정도호부를 설치하여 천산남로와 천산북로를 관장하게 되면서 비단을 중심으로 한 동서무역이 활발히

전개되고, '실크로드' 라는 이름도 당나라 때 얻게 되었다고 한다.

이러한 역사적 배경이 여행자에게 크게 중요한 것은 아니리라. 가서 무엇을 보고 무엇을 들었는가, 그 무엇이 내 마음을 움직였는가를 떠올리며 시를 쓰면 되는 것이다.

한 시절의 영화榮華래야 바퀴자국으로 구를 뿐/사나운 당나귀 울음소리 노을처럼 밟히고/몇 위엔의 지전紙錢 따라 채찍을 드는/고창은 이제/비루한 마부들의 눈길에나 남아 있다.

-「고창고성」에서

느지막이 시작되는 위구르의 아침은/뒤꼭지에 얹혀 있는 이슬람 모자 속에 숨어 있고/청진사 들러 향비 묘 가는 길/흑백영화같이 아스라한 마차길 밟아보면/점자를 읽어내듯 더듬거리던 추억이/초라한 풍경 되어 눈시울에 맺힌다.

-「오랑캐의 가을」에서

무릎 꺾어 나를 태우는 낙타는/어느 날 내가 배운 치욕이다./잠시 누군가 깃들이다 간/인간의 몸을 하고 있는 육체/회오리 불어 모래 날리면/이쪽에서 저쪽으로 옮겨 가는 산처럼/너에게 깃들이다 내게 옮겨온/치욕의 이 단백질

-「명사산」에서

실크로드 여행의 결과 얻게 된 시들은 이처럼 음습하고 우울하다. 이미 옛 영화가 모두 사라져버린 고도古都를 보고서 쓴 시들이기 때문일 것이다. 중국 서북쪽은 오랫동안 변방 내지는 오지였다. 신강위구르 자치구의 어느 도시도 우리나라 경주처럼 고대 유적이 잘 정비되어 있지 않다. 개발이 덜 되어 좋은 점도 있지만 교통도 기후도 음식도 불편할 여행이었을 테니 시인의 불편한 심사가 시를 이렇게 어둡게 한 것이리라.

그러고 보니 내 기억 속 중국 서북부 일대는 자연마저도 황량하기

이를 데 없는 곳이었다. '꺼비 탄(갈벽)'이라고 하는 돌밭이 끝없이 이어지기도 했고 옥수수 밭이나 해바라기 밭이 몇 시간씩 이어지기도 했다. 아마도 시인은 역사 유적지의 쇠락한 모습과 황량한 주변 풍경에서 받은 인상을 그대로 지닌 채 시를 써 분위기가 그만 어두워지고 만 것이리라.

사실 실크로드라는 지명의 인상과는 달리 지난날의 흥성함이 남아 있는 곳이 거기에는 거의 없다. 중국 당국이 서북지역 개발을 외치고 있는 이유는 그만큼 미개지로 남아 있기 때문이다. 시인은 돈황 막고굴을 보고서도 "모래바람 거센 롭사막과 타클라마칸사막을 헤치며 나는 무엇을 찾고 싶었던가요. 몇 날 며칠 모래비만 퍼붓다 매몰되고 만 누란쯤 가면 찾아볼 수 있을지. 막고굴에 앉아 있던 그 많은 불상들이 한낱 돌덩이로만 보이던 날, 돈황은 영하 12도였습니다"(「돈황 가는 길」)라고 쓰고 있다. 1974년에 발견된 진시황제 능묘의 병마용갱兵馬俑坑을 소재로 해서 시를 썼더라면 좀 다른 이미지의 시를 보여줄 수 있었을까.

하지만 세계의 지붕 티베트 일대를 돌아보며 쓴 시들에는 회한만 깃들어 있지 않다. 광대한 자연 앞에서 자신의 초라한 모습을 자각하고 비탄에 잠기기도 하지만, 자아를 성찰하고 명상에 잠기며 종교적 깨달음도 얻는 등 정신적 고양 상태를 경험하기도 한다. 여행을 통해 무엇을 구하고 무엇을 얻었는지는 아무래도 티베트를 배경으로 한 시편에서 찾아볼 수 있을 것이다.

집요한 욕망이 마침내 놓치고 만 끈질긴 내 자아의 유체이탈/아무 것도 사실은/사라지는 것은 없다. 아무 것도 존재한 것이 없었던 만큼./찢어질 듯 새파란 저 물빛 또한 빛이 만들어낸 착각일 뿐/파란 것이 아닐지 모른다./모든 게 허구일지 모른다.

-「얌드록초」에서

좌탈입망한 채 석양에 다비되는 저/산들의 연화장세계/지금까지 나는 내가 살아 있다고 생각했다./미소를 짓거나 눈물을 흘릴 때/그 미소 속에 또는 흐르는 눈물 속에 내가/살아 있는 것이 틀림없다고 믿었다./그러나 지금/개금 벗겨져 맨몸 드러나는 저 순백의 연꽃 앞에 나는/살아 있었던 게 아니라 단지 생존하며/아무 것도 모르면서 그저/연명하고 있었던 것이라는 사실을 깨닫는다.

-「히말라야」에서

티베트에 있는 빙하호 얌드록초를 보고 쓴 앞의 시에는 내 존재의 허구성에 대한 진지한 사색이 담겨 있다. 신비로운 풍경이 산다는 것은 무엇이며 죽는다는 것은 또 무엇인가라는 철학적 질문을 유도한 것일까. 태어나는 것이야 타인의 의지가 개입된 일이지만 누구나 내 의지로 살다가 불가항력적인 운명의 힘에 지펴 죽음을 맞이한다.

그 모든 생의 여정은 일회적이다. 게다가 지상의 모든 숨탄것들은 누군가가 죽은 덕분에 살아갈 수 있지 않은가. 나 김재진은 어느 해에 태어났으니 어느 해에 죽게 될 터인데, 이 일회적인 삶의 기간은 우주적 시간에 비추어본다면 '눈 깜박할 새'이다. 그래서 시인은 해발 4,800미터나 되는 높은 곳에서, 즉 공기가 희박한 얌드록초 앞에서 몽롱한 상태로 생사의 경계를 넘나드는 신비체험을 해본 것이리라.

뒤의 것은 히말라야 산맥을 노래한 시가 아니다. 만년설에 뒤덮인 히말라야를 본 내 마음을 그리고 있다. 저 높고 깊은 산, 변화무쌍한 산, 태곳적부터의 산 앞에서 나를 생각하니 나는 살아 있었던 게 아니라 단지 생존해 있었던 것이다. 아무 것도 모른 채 그저 연명만 하고 있었던 것이다. 그랬으리라. 무한 앞에서 유한을 깨달았으리라. 거대한 산 앞에서 왜소한 자신을 자각했으리라. 히말라야가 침묵으로 가르친 것을 시인이 온몸으로 받아들였음을 나는 알 수 있다.

석양빛을 받은 히말라야의 고봉들을 "좌탈입망한 채 석양에 다비되는 저/산들의 연화장세계"로 묘사했듯이 시들이 상당수 불교적 상상력에 입각해 있지만 심각하거나 심오하지만은 않다. 꽤나 어려운 철학적 사색의 결과물을 쉽게 풀어 써 이해에 큰 어려움이 없는 것이 김재진 시의 특징이 아닐까 한다. 아무튼 설산 히말라야 앞에서 시인은 아예 말문을 잃기도 하고(「고독한 방랑자」), 잠을 못 이루기도 한다(「고레파니」). 한편 히말라야는 시인을 그리움으로 다시 태어나게 한다.

> 우비를 꺼내 입으며 함께/그리움도 꺼내 입는다./아, 다시 살면 나는/그리움 하나로 서 있으리라./그리움, 그 갈매빛 갈고리를 네게 걸어/눈부신 정상을 오르리라.
>
> -「안나푸르나」에서

'그리움'은 추상명사이며 대상이 있어야 성립할 수 있다. 김재진의 시에서 그리움은 실체가 없다. 누가, 무엇을, 왜 그리워하는지 막연하기만 하다. 그러나 시인은 바로 이것을 노린 것이 아닐까. 사랑과 그리움이 난무하는 이 세상에서 시인은 스스로 그리움 하나로 서 있고 싶어한다. 저 안나푸르나처럼. 설산 없는 곳에서 설산을 그리워하다 정작 설산 앞에 와서는 그리움이 되어 서겠다고 한다. 화두 같기도 하고 역설 같기도 하다. 강원도 노추산을 노래한 시에서 이 점은 보다 구체적으로 설명된다. 왜 산을 오르느냐는 질문을 받고 에베레스트산 최

초의 정복자 힐러리 경은 "산이 거기 있으니까"라고 대답했다지만 시인은 다음과 같이 말한다.

산다는 것은 문득/산을 지고 있는 것과 같다./등짐 가득 산을 지고 또 다른 산을 향해/올라가는 것과 같다.

-「노추산」에서

어제 올랐던 산을 다시 오르는 건/산이 인간을 비워내기 때문인데/비울 수 없는 나는 자꾸/눈앞에 서 있는 신화를 확인하려 애쓴다.

-「린포체」에서

등짐을 가득 지고 또 다른 산을 향해 올라가본들 그리움이 보이지는 않을 것이다. 시집의 제목에는 그렇기 때문에 어디론가 떠날 수밖에 없었던 자신의 영적 갈망이 담겨 있다. 그 옛날 대상隊商이 미지의 세계를 향해 낙타를 몰고 갔듯이 그리움이라는 신기루를 찾아 시인은 떠나야 했던 것이다. 산이 인간을 거듭 비워내는데, 어제 올랐던 산이라고 하여 다시 오르지 말라는 법은 없다. 보고 돌아서면 곧바로 다시 보고 싶은 것, 그 그리움의 실체가 무엇인지 알아보고자 떠난 순례자가 시인 김재진이 아닌가.

투르판, 선선, 미아, 돈황,/얼마나 더 가야 그리움이 보일까./천산산맥 끝나는 하미 지나면/꾸지람 듣듯 가만가만 물러가는 어둠/얼마나 더 가야 산 아래 닿을 수가 있을까.

-「얼마나 더 가야 그리움이 보일까(2)」에서

몸과 마음을 갈고 다듬기 위하여

이번 시집에서 가장 많이 만나게 되는 시어는 특정 지명이 아니라 '몸'과 '마음'일 것이다. 이 둘 사이의 관계 탐색이 이번 시집의 또 하나의 핵심이 아닐까 한다. 마음과 몸의 관계를 그린 다음과 같은 시에서 별 달리 어려운 어휘나 표현은 발견할 수 없지만 그 의미의 깊이는 결코 만만치 않다.

마음이 마음을 만져 웃음 짓게 하는/눈길이 눈길을 만져 화사하게 하는/얼마나 더 가야 그런 세상/만날 수가 있을까.

-「얼마나 더 가야 그리움이 보일까(1)」에서

이쪽과 저쪽에서 잡아당기듯/팽팽하게 긴장되어 있던 마음이/화르르 떨리며 소리를 낸다./딸랑거려라 내 마음./마음대로 흔들거려라 내 마음./날마다 잡고 있는데도/마음을 잡는다는 것은 문득/허공을 보는 것과 같다./물위에 글 새기듯 돌멩이 하나/허공에 던지는 것과 같다.

-「노추산」에서

시인은 혹여 자신의 마음을 다잡기 위한 구도 행각으로 여행을 택했던 것이 아니었을까. 김재진 시인이 꿈꾸는 이상세계는 마음이 마음을 만져 웃음 짓게 하는 연화국蓮花國일 것이다. 자비로운 세상은 그저 이루어지는 것이 아니다. 몸과 마음을 일치시키려는 끈질긴 노력 끝에 이루어질 수 있다.

암이나 에이즈 등 죽음에 이르는 병은 따지고 보면 마음과 몸이 따로 놀기 때문일 것이다. 시인이 불교적 세계관을 갖고 있음을 알게 하는 시편에는 종종 '마음'이 등장한다.

몸 적응하도록 기다리지 못한 내 마음/저 혼자 구경가고 없다./여기까지 뭐 하러 왔나./허락도 없이 놀러나간 내 마음 여기까지 왜 왔나./세월도 불성도 몸 끝나면 없는 것/놀러나간 마음을 몸이 누워 원망한다.

-「라싸」에서

아무도 미워하지 않고 아무도 원망하지 않는/잔잔하고 따뜻하며 비어 있는 그 마음이/앉거나 걷거나 서 있을 때도/피처럼 온몸에 퍼질 수 있다면 좋겠습니다.

-「사랑의 기도」에서

몸은 지상에 잠시 머무는 것, 곧 시간에 의해 속박되는 것이다. 한편 '심안' 혹은 '지혜의 눈'(「카트만두」)까지를 포함한 마음은 나를 자유롭게 하여 놀고 싶을 때 놀러나갈 수 있다. 시간과 공간을 초월할 수도 있다. 그렇다고 하여 몸이 마음을, 마음이 몸을 무시해서는 안 된다. 마음이 피처럼 온몸에 퍼지기를 희구하는 것으로 보아 시인에게는 몸도 마음도 다 중요한 것이다. 마음과 몸의 이분법적 구분에서 벗어나 둘의 일치 내지는 조화를 위해 그는 여행을 떠난 것이며 시를 쓴 것이리라. 몸과 마음의 조화가 사람을 가장 사람답게 한다는 시인의 철학은 충분히 설득력을 갖는데, 하지만 그 일은 결코 쉽지 않다.

「면벽 9년」 같은 시를 보면 몸에 집착하는 나를 경계하는 것이 얼마나 힘든 일인가가 잘 설명되어 있다. 세속 도시에서 번잡한 일에 둘러싸여 사는 우리들은 사실 그렇지 않은가. 몸이 마음을 따라가지 못하고, 마음이 또한 몸을 제압하지 못한다. 그래서 인간은 자책하고 자학하고, 때로는 자살도 하는 동물이리라.

몸이 없으면 나는/어디에 가 있을까./끈질기게 살아나 꿈틀거리는/욕망은 몸에서 나오는 것일까 아니면/몸을 숙주로 하는 정신, 또는 영혼/하여간 그렇게 이름 붙은 몸 밖, 아니면 몸 안의/어떤 것들에서 나오는 것일까./몸에 세 들어 살며 나는/몸이 나인 줄 착각하며 저지르며/저 온갖/삼라만상 받들어 면벽한다.

-「면벽 9년」에서

이제 분명히 알겠다. 시인이 왜 여행길에 나섰던가를. 먹고사는 문제로 부대끼다가 시인은 마침내 마음과 몸을 일치시키기로 했다. 몸을 움직여 산을 넘고 강을 건너 전국의 여러 산과 사찰을 순례하였고, 산맥을 넘고 사막을 건너 먼 이역에 가서 새로운 세계를 본 뒤 마음을 다스렸다. 자연의 품에 안겨보지 않고서 어찌 다음과 같은 시를 탄생시킬 수 있으랴. 지고지순한 마음은 곧 불성이요, 불성은 우주 만물 속에서 만행하고 있다. 날아가는 홀씨가 별빛임을 모르는 것은 현대인의 비극이다.

날아가는 홀씨는/민들레의 우주다./꽃 속을 들여다보면 그 속에 별이 있다./꽃은 다 우주다./걸릴 데 없이 만행하는/꽃씨는 불성이다./천지간에 만개해 있는 식물의 불성/꽃이 피어도 사람들은 꽃 핀 줄을 모른다/날아가는 꽃을 봐도/별빛인 줄 모른다.

-「민들레」 전문

마음이 현실에 집착하면 몸이 아파온다. 몸이 현실에 집착하면 마음이 불편해진다. 나도 『얼마나 더 가야 그리움이 보일까』 한 권 지니고서 몸 피곤하고 마음 외로운 여행길로 어서 나서고 싶다. 일상적 삶에서는 몸과 마음이 따로 놀지만 여행지에서는 그럴 수 없다. 곧바로 병이 나기 때문에. 자연의 품에 안겨 내 내면의 목소리를 들어보면 나 참 어리석게 살아왔다고 거듭 외치고 있으리.